혼자인 밤에
당신과 나누고 싶은 10가지 이야기

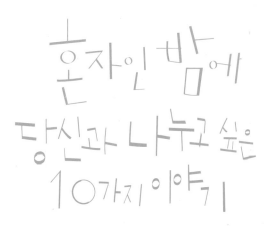

혼자인 밤에 당신과 나누고 싶은 10가지 이야기

카시와이 글·그림 | **이수은** 옮김

홍익출판 미디어그룹

일러두기

• 이 책 본문에는 마침표를 표기하지 않았습니다. 여운을 주는 원서의 방식을 따랐습니다.
  단, 동화 인용 부분에는 마침표를 표기하였습니다.

Prologue

거리가 파랗게 물들어가는 찰나의 순간이 좋아요
세상이 차분히 가라앉아 아름다워 보이거든요

곧 밤에 잠길 거예요
햇빛에 곤히 잠들어있던 별들이
느릿느릿 떠오르고
창문 속 불빛이 하나둘 반짝일 거예요

당신의 오늘 하루는 어땠나요?
이름조차 알 수 없는 그대이지만

같은 하늘을 바라보고 있을지도 모를 당신과
이런저런 이야기를 나누고 싶은 밤이에요

목차

Prologue · 5

Side-A
몇 번의 밤과 아침

첫 번째 이야기 **이런 밤에는** · 13

두 번째 이야기 **슬픈 밤에는** · 25

세 번째 이야기 **파랑 스카프** · 35

네 번째 이야기 **바다 접시** · 51

겨울 편지 · 73

다섯 번째 이야기 **여행을 떠난 오르골** · 79

Side-B

푸른 성층권

여섯 번째 이야기 **멀리서 들려오는 방울 소리** • 95

일곱 번째 이야기 **거리·시간·우주** • 109

여덟 번째 이야기 **잠이 든 두 사람** • 125

여름 편지 • 129

아홉 번째 이야기 **낱말 상자** • 135

열 번째 이야기 **여름 등불** • 151

Epilogue • 158

몇 번의 밤과 아침

이런 밤에는

좋은 일이 있었던 날 밤에는

하루를 반짝반짝 닦아서
보물상자에 넣어두고 싶다
언제든지 꺼내어 볼 수 있도록

'내게는 반짝이는 한 조각이 있어' 하고
마음속으로 든든해하며
힘든 어느 날을 버텨낼 수 있도록

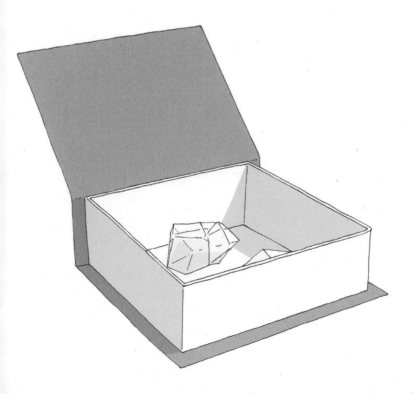

쓸쓸한 밤에는

멀리 있을 어떤 것을 그려본다

예를 들면, 깊고 깊은 바닷속 편히 잠든 고래의 무덤
예를 들면, 하늘을 수놓은 은하수 속 아주 작은 별 하나

나와 내 마음이
머나먼 이 별에 떨어지던 순간
신이 눈을 깜빡해버려 알아채지 못했을지도 모른다

하지만 외로움은
나와 내 마음을 알아보고 지금 내 곁에서
애달파하며 반갑다고 인사한다

싱숭생숭한 밤에는

평소와 다른 곳에서
잠을 청해본다

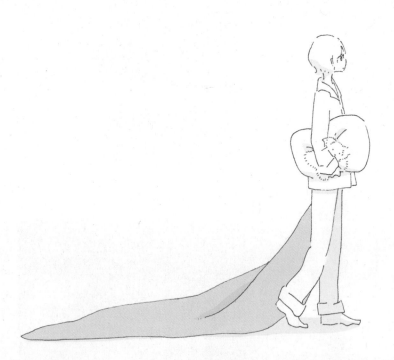

부엌
냉장고의 윙윙대는 소리
그리고 따스함
내일 아침식사는
뭘 만들까

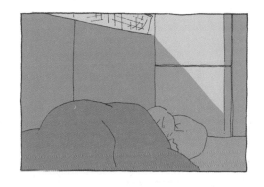

다락방
인간이 동굴에서 살던
시절을 상상한다
작은 창으로 드는
어둠 한줄기는
어디론가 이어지는
입구일지도 모른다

베란다
미지근한 여름날 밤공기
달빛이 눈부시다
그 곁에서 빛나는
별 하나는 누구의 별일까
멀리서 들려오는
고양이의 울음소리

잠을 설치는 밤에는

곤히 잠든 동물의 모습을 상상한다

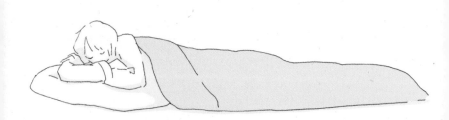

얼굴만 집 밖으로 내민 채 잠든 골목 끝 집 강아지
자동차 그늘 밑에서 몸을 말고 있는 고양이

서로 기대어 잠든 목장의 양들
꾸벅꾸벅 봄을 기다리는 곰
바닷속 기둥처럼 서서 잠든 고래떼

그들의 호흡에 맞춰
숨을
뱉어본다

안 좋은 일이
있었던 날
밤에는

베개를 한 번
툭- 치고
미안해- 하고
쓰다듬는다

따끈한 샤워
소중히 간직해둔
달콤한 간식
푹신한 이불

자, 이제…
방을 어둡게 만들고
몇 번씩 돌려본
좋아하는 영화를
봐야겠다

두 번째 이야기

슬픈 밤에는

슬픔은
먼지처럼
곳곳에 쌓인다

누군가에게
선물 받은
작은 그릇에

주전자나
깡통의

벗겨진
자국 위에

머리맡
전등갓에

그렇게 슬픔이
쌓이는 밤에는

정처 없이
훌쩍 산책을
나서본다

늘 익숙했던 풍경이지만
모르는 척, 처음 보는 듯한
표정을 짓는다

가로등에
둥그런 무지개가 떠 있다

태양으로
착각한 벌레들이
그림자놀이를 한다

커버를 뒤집어쓴
오토바이는
동물의 오브제objet 같다

시소에 앉아
이미 들어 올려진
공백이 건너편을
바라본다

그 끝에

책상 앞 인기척이 비치는 창문
그리고 나지막한 라디오 소리

이제 초등학교 담을 지난다

책상 서랍 속에 두고 간
숙제 프린트

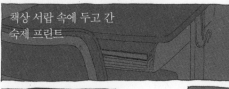

아침이면 나팔꽃이
피어 있는 수돗가

주인을
알 수 없는
분실물함 속
몽당연필

혼자
운동장을
굴러다니는
축구공

내일 또 아이들이 오기 전까지 이어질
소리 없는 수다

쏴아아ㅡ

도로청소차
라이트에 비친 물방울은 마치 불꽃처럼 흩날리며
달리고 또 달린다
눈을 깜빡이면 멀어져 가는 정적

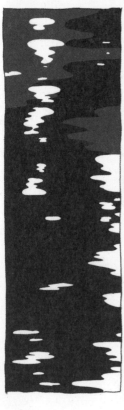

한밤의 강이 좋다
잠들지 않는 반짝임이
강물 위로 흔들린다

방으로 돌아가면
슬픔은
여전히 그곳에서
기다리고 있을 것이다

그래도
이 반짝임 속에
조금 더 살아보자
지금은 그런 마음만으로 충분하다

파랑 스카프

그녀는 항상
볕이 드는 창가에 앉는다

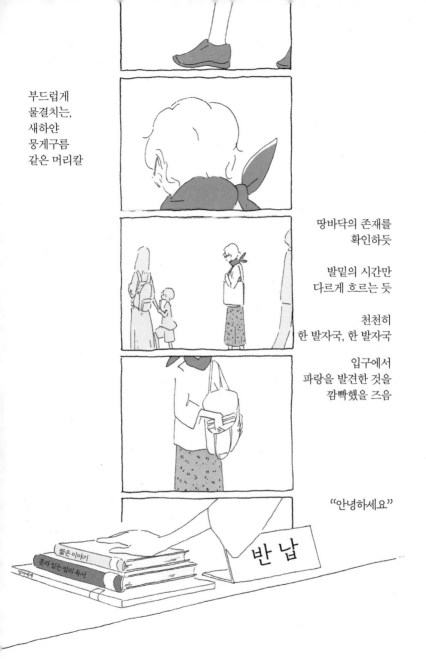

부드럽게
물결치는,
새하얀
뭉게구름
같은 머리칼

땅바닥의 존재를
확인하듯

발밑의 시간만
다르게 흐르는 듯

천천히
한 발자국, 한 발자국

입구에서
파랑을 발견한 것을
깜빡했을 즈음

"안녕하세요"

반납

짧은 이야기

혼자 있는 밤의 독서

엄마에게

"반납 부탁합니다"

속삭이는 목소리
시선은 서로 맞추지 않는다

목 언저리, 오래된 화상자국이
언뜻 보인다

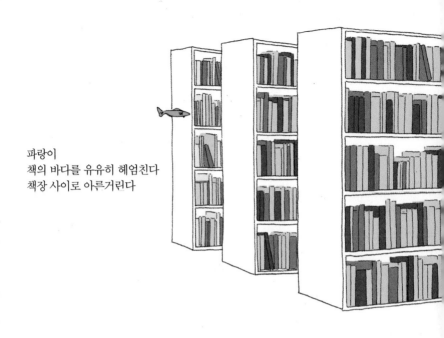

파랑이
책의 바다를 유유히 헤엄친다
책장 사이로 아르거린다

파랑이
볕이 드는 창가에서
책장을 넘긴다

잠시 날개가 숨을 고르며 멈춘다

가끔 길가에서 그 파랑을 보았다

한낮의 공원에서

책을 넘기는 손을 멈추고
물이 흐르지 않는 분수대를
안타까운 눈빛으로 한참을 바라보고 있었다

마트에서

이름만 들어본 나라의
형형색색 과일들

가만히 바라보고 나서
마감 세일 중인 빨간 사과 하나를
장바구니에 담았다

"대출 부탁합니다"

눈에 익은 표지

그 책은 열차를 타고 대륙을 여행하는 이야기이다

아직 좁은 골목만이 나의 일상이던 그때에
학교가 끝나면 교복도 갈아입지 않고
주인공과 이곳저곳 여행을 떠났던 추억이 샘솟는다

책을 읽는 것은
미지의 세계와의 만남이다

그때
분명 우리는
같은 열차를 타고
여행을 떠났다

그녀가 더 이상 발걸음을 하지 않는 지금도
파랑 스카프가 살랑이는 옆자리에서
바라본 열차의 풍경이
가끔 떠오른다

바다 접시

해가 저물기 시작해
파랗게 물든 거리는
바다 깊이 가라앉은 것 같다
거리를 스치는 사람들은
몸을 잔뜩 움츠린 채
옷깃을 여미며 따스한 집으로
발걸음을 재촉한다

누구 하나 눈길을 주지 않는
그 노점은 있는 듯 없는 듯
길모퉁이에 자리하고 있다

우표나 그림엽서, 작은 거울, 녹슨 쿠키틀, 숟가락,
파이프, 시계 부품, 진주 귀걸이 한쪽

어디에 쓰는지 알 수 없는 물건들…

손때 묻은 한 접시로 눈이 갔다

짙은 파랑 유약이 발려 있어
둥글게 떠 올린 깊고 푸른 바다 같은

그리고 접시 귀퉁이 한쪽
은어 한 마리
번개처럼 보이기도 하다

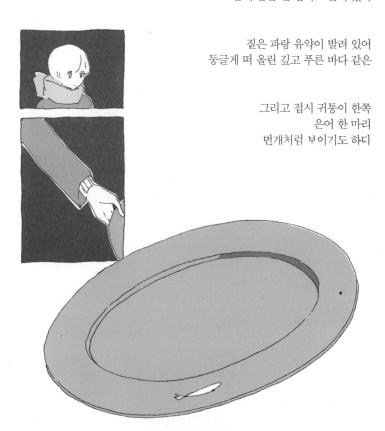

"멋지죠?
이만큼 아름다운 바다 빛은
보기가 힘들답니다"

맨 처음
무엇을 담을까

오믈렛이 좋겠다

어느새 그릇은
나와 함께 집에 와 있다

"케첩이 어디 있더라"

파랑과 노랑의
또렷한 자기주장

한 번의 포크질에
완벽했던
유선형이
사라졌다

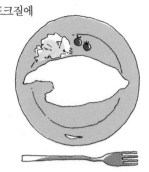

쏴아

문득 주위는 바닷가다

접시 속 파랑색이
수평선 너머로 펼쳐지고
반 접으면 꼭 들어맞을 밤하늘의 별들이
수면 위에서 춤을 춘다

티 없이 맑은 물
손끝을 담그면 시리도록 차갑다
아주 옅은 바다내음이 코를 스친다

온 세상의 소리를 품에 안은 것처럼
고요함이 감싼다

어느새
작은 물고기가 곁으로 다가왔다

"안녕"
내게 말을 건다

"안녕"
내가 대답한다

물고기가 말을 할 때마다
물방울이 보글대며 올라왔다

"오믈렛 먹어서 미안
내가 접시 속에 있다는 걸 잊을 만큼
너무 오랜만에 나왔거든
맛있는 향기에 들떴지 뭐야"

"괜찮아"
나는 대답한다

"맛있었어?"

"아주 맛있었어"

"다행이다"

그렇게 매일같이
파란 접시는 식탁에 오르고, 우리는 도란도란 이야기를 나누었다
물고기가 좋아하길 바라는 마음에
책장에서 먼지가 쌓인 요리책을 꺼냈다

물고기는 지금까지 거쳐온
식탁에 대해 이야기를 들려줬다

혼자 지내는 할머니가 만든
끝내주는 비프스튜를
몰래 야금야금 먹었던 이야기

부부싸움 때문에 하늘을 날아
간신히 커튼에 안착해서
무사했던 이야기

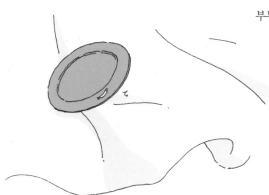

생일 케이크를 담고
기쁜 자리의 주인공이 되어
자랑스러웠던 이야기

그리고
예전에 살았던
바닷속 이야기

"바다라는 짜디짠 물웅덩이에서
많은 친구들과
함께 살았어

못된 마법사의 꼬임에 넘어가
이 바다 접시에 떨어지고 나서
기억이 희미해질 만큼
아주 긴 시간이 흘렀지
바닷속은 이제 꿈처럼 아득해

깊고 넓은 접시 속에서
많고 많은 식탁을 구경했어

식탁은 좋아
피곤함에 지쳐, 웃음을 잃은 사람도
식탁에 앉은 시간만큼은
입가의 긴장을 슬쩍 늦추는 법이거든
그런데 식사가 끝나면
접시는 또다시
어두운 장 안으로 돌아가야 했어

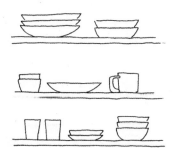

장 안에 있을 때는
접시 속을 계속 헤엄쳐
몇 시간이 흐르고 며칠이 흐르고
몇 년이 흘러도 다시 나갈 날을 기다리면서

이 접시에 관해서라면
이쪽 끝에서 저쪽 끝까지 모르는 게 없어
하늘 꼭대기부터 저 깊은 바닷속까지
모두 내 세상이야

하지만 여기에는 나 하나뿐이야
지금은 그렇지 않지만 말야"

"미안해 내가 별 이야기를 다 하지?
요즘은 대화 상대가 생겨서
하루하루 즐거워"

그 후로 매일매일
소소한 이야기를 나누고
잘 자- 인사를 나누며 헤어졌다

마지막으로 바다를 본 게
언제였더라…

겨울 바다는 한산하다
담배꽁초가
유리병 파편이
나뭇가지가
널브러져 있다

살짝 끊어진 구름들 사이로
스며드는 햇볕 아래
무언가 튀어 오르더니
물보라가 반짝했다

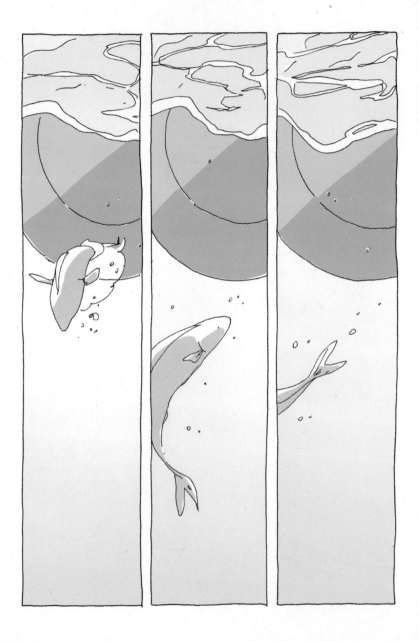

파도 사이로 튀어 오르는 물고기와 눈이 마주쳤다
밀려왔던 커다란 파도가 물러나자
그 모습이 사라졌다

손에 남은 텅 빈 파랑 접시
그리고 손에 잡히는 은색 비늘 하나

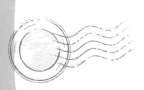

겨울 편지

안녕
마주친 적은 없지만 오늘도 어디에선가 숨을 쉬고 있을 그대에게

도서관 가는 길에 아주 작은 주황색 장갑이 떨어져 있었어요
노을빛 털실로 만든 알록달록 아름다운 장갑이에요
울타리 끝에 꽂아놓고 조금 걸어가다 뒤를 돌아보니
나한테 손을 흔드는 것처럼 보였어요

문득, 지난 일이 생각났어요
어느 날 멈춰 있는 손목시계를 보고 시계공방에 갔어요

매일 지나는 길가의 시계공방에는
손목시계, 책상시계, 오르골시계, 뻐꾸기시계, 모래시계, 진자시계
온갖 시계가 제 맘대로 시간을 세고 있어요
대체 지금 막 지난 시간은 몇 시였을까 궁금했어요

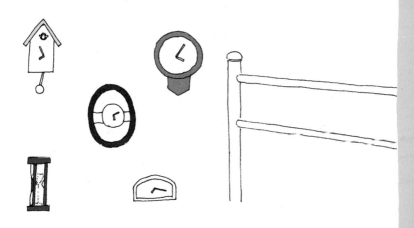

문득 시계를 푼 손목을 봤어요
시계가 있었던 자리에는 처음 피부의 색이 이랬던 거야?
놀랄 만큼 흰 팔목이 보였어요

창 밖을 보니 시계공방 길 건너는 공터가 되었어요
그 자리에 뭐가 있었는지 매일 봤을 텐데
아무리 떠올려봐도 기억이 나지 않았어요
이렇게 많은 것들을 잊고, 잊은 것조차 잊어버리게 되는 걸까요

아…장갑!

집으로 가는 길에 보니, 아까 주운 장갑은 사라졌어요
다른 한쪽과 다시 만났을지도 모르겠네요
그랬으면 좋겠어요
저무는 노을 속을 느릿느릿 거닐며 집으로 돌아왔어요

안녕
여전히 누군지 모르지만 오늘도 어디에선가 숨을 쉬고 있을 그대에게

오늘 아침에 계절을 잘못 찾아온 눈이 내렸어요
막 피어오른 벚꽃잎에 눈송이가 내려앉아
이른 봄의 들판을 하얗게 물들였어요

그 낯선 풍경을 보니 눈이 내렸던 기억들이 쌓이기 시작했어요

그 기억 중 정말 잊지 못한 이야기는 처음 새벽 버스를 탄 날이었어요
어슴푸레한 새벽녘 차에 탄 승객들은 타자마자
아직 단잠에서 빠져나오기 싫은 것처럼 모두들 눈을 감고 있었어요
그때 창문 너머 스며드는 서늘한 공기에 눈이 뜨였어요
차창 너머로 얼핏 보이는 세상은 눈이 부시게 새하얀
온통 은빛 세상이었어요

버스에서 내려 아직 발자국 하나 새겨지지 않은
이른 아침의 눈길에서 차가워진 작은 새를 발견했어요

눈을 치우고 땅을 파서 조그마한 몸을 묻었어요
체온을 느낄 수 없는 작은 새의 날개는
눈 때문인지 무겁게 느껴졌어요
그치지 않을 듯 내리는 눈이 작은 새가 잠든 땅을 덮어주었어요
다행이라고 생각했어요
돌아서면서 작은 새를 덮고 있는 눈에 대해 생각했어요

눈의 결정은 하나하나 생김새가 모두 다르대요
그 결정의 모양은 사람의 눈으로 볼 수 없어요
지금 내 손에 닿아 녹아버린 눈 한 송이의 물기는
어쩌면 그때 그 눈이었을지도 몰라요
이런 상상을 즐기며 봄눈 속을 걸었어요

여행을 떠난 오르골

「여행을 떠난
오르골」

치과의 대기실에 앉아
아이에게 그림책을 읽어주는
소곤거리는 목소리를 듣는다

어느 외국의 동화를 바탕으로 쓰여
오랜 세월 동안
사랑받은 바로 그 그림책

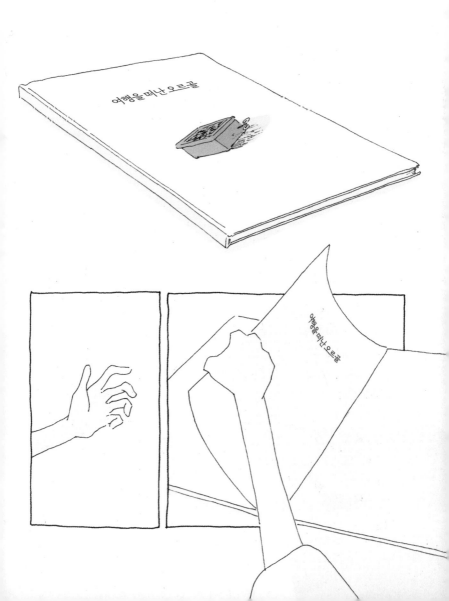

솜씨가 좋기로 소문난 치과의사의
단 하나의 즐거움은
일을 마친 밤이면
나무 세공물을 만드는
일이었습니다.
살아 움직일 듯한
동물 조각상,
골머리를 앓아야
풀 수 있는 퍼즐 상자,
한 번도 타 본 적 없는
멋진 범선 모형.

그리고 어느 날 그 오르골이
완성됐습니다.

손바닥만 한 상자의 뚜껑에는
아라베스크 문양이
섬세하게 새겨져 있고,
태엽을 끼익끼익 감으면
쓸쓸하면서 맑고 투명한
멜로디가 흘러나오는
오르골입니다.

아내를 먼저 떠나보내고
다른 자식들과도
떨어져 살고 있는 의사는
혼자만의 저녁 식사가 끝나면
그 멜로디에 귀를 기울였습니다.

치과의사가 아내의 곁으로 떠나자
남겨진 살림살이는
한데 모여 골동품가게로 옮겨졌습니다.
가게 한편에서
먼지를 뒤집어쓰고 있던
그 오르골을 찾아낸 건
항구에 정박해서 잠시 산책을 나온
앳된 선원이었습니다.

이토록 아름다운 오르골이라니
그 사람에게 선물하면
아주 기뻐할 거야.

짙은 어둠이 내린 밤,
선원은 파도 소리 사이로
흐르는 멜로디를 들으며
곧 돌아갈 집, 그리고
사랑하는 이를
떠올렸습니다.

그러던 어느 날 밤,
앳된 선원이 잠든 사이에
태풍이 불어닥쳤습니다.
무자비하게 몰아치는
비바람을 견디지 못하고
배는 깊은 바닷속으로
가라앉았습니다.

오르골은 차디찬 바닷물이 닿지 않는
선실 안 구석 사물함 속에 있었습니다.

가끔씩 밀려오는
파도에 맞춰 울리는
신기한 소리에
물고기들은
비늘을 반짝이고,
지느러미를 휘날리며
춤을 췄습니다.

배가 하늘과 다시 마주했을 때는
의사와 선원을 아는 사람이 아무도 없을 만큼
긴 시간이 흐른 뒤였습니다.

학자들이 배 안을 조사하는데
그 옆에서 짐을 운반하던 한 남자가
슬며시 그 오르골을
주머니에 넣었습니다.

그 남자는 지나가던 여행자에게
오르골을 팔고 받은 돈으로
그날 밤 술을 마셨습니다.
여행자는 외국의 진귀한 물건을
판매하는 수집가였습니다.
어디서 온 물건일까?
참 정성스럽게 만든 오르골이야.
여행자는 오르골을 먼 곳에 있는
자신의 집으로 보냈고
다시 여행을 떠났습니다.

오르골은 여행자의 아이가 기다리는 집에 도착했습니다.
아버지는 늘 바다 너머에 있고
어머니는 일을 마치고 밤늦게 집으로 돌아옵니다.
외국에서 온 온갖 물건이 넘치는 방 안에서
오늘도 아이는 혼자 있습니다.

이 집엔 누군가의 추억이
스며든 물건이
너무 많다고
아이는 생각했습니다.

단추를 넣어두려고
뚜껑을 열자
오르골의 멜로디가
선명하게 들려왔습니다.
아이는 이 오르골이
보냈을 세월을 상상했습니다.
파도 소리가 스치듯
들려오는 것만 같았습니다.

그렇게 오르골은
멀리 여행을 떠나왔습니다.
주인이 몇 번씩 바뀌고
상자에 상처가 생기고
태엽도 닳았습니다.

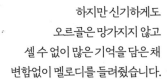

하지만 신기하게도
오르골은 망가지지 않고
셀 수 없이 많은 기억을 담은 채
변함없이 멜로디를 들려줬습니다.

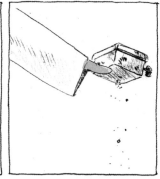

이게 뭘까
무기 같진 않은데

여행을 떠난 오르골

거친 별의 사막에서
누군가
작은 상자를
주웠습니다.

끼익끼익 태엽을 감자
대기를 휘몰아치는 파동이 일었습니다.
그 파동은 누군가의 마음속 깊은 곳에 있는
무언가를 따스하게 어루만졌습니다.

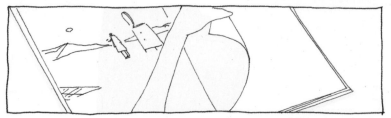

나도 언젠가 들어본 적이 있는
그 멜로디

다시 흘러나오는
오르골의 멜로디는
따스한 추억을 들려준다

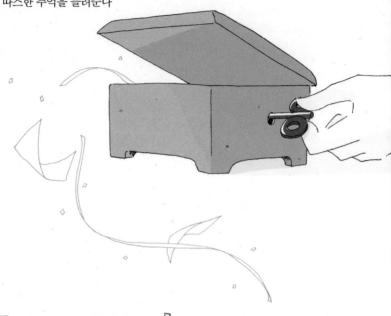

여행을떠난오르골

언젠가 읽었던 책을
다시 만나는 것은
오르골의 태엽을
감는 일과
아주 조금, 비슷하다

푸른 성충권

멀리서 들려오는 방울 소리

여행지의
동전들 속
낯익은
집 열쇠

내가 돌아갈
장소다

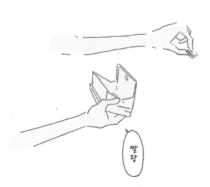

짤
랑

처음 먹어본
이름 모를 과일은
복숭아 비슷한 맛이 났다

발바닥으로 느껴지는 돌길
올록볼록하다

시끌벅적한 거리의 소리들은

뜻을 알 수 없는
음악처럼
흥겹게 귀를 스쳐 지나간다

작은 골목길로
들어선다

이곳에서 살고 있는 사람들
그 일상의 내음

올려다본 베란다 위로
항공장애등* 처럼 보이는
빨간 불빛이 반짝인다

* 항공장애등 야간 항공에 장애가 될 염려가 있는 높은
건축물이나 위험물의 존재를 알리기 위한 조명장치

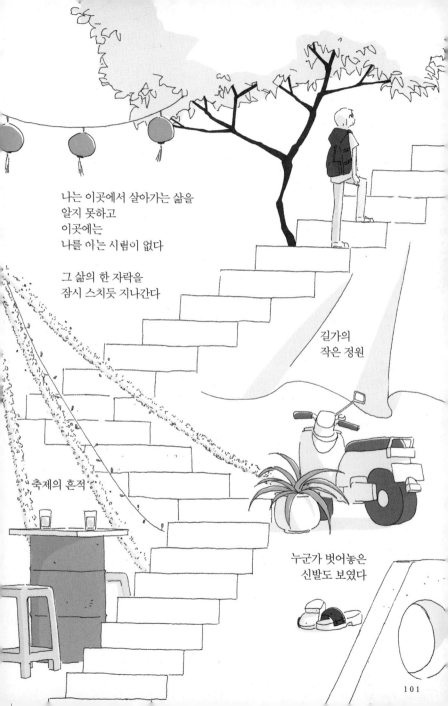

나는 이곳에서 살아가는 삶을
알지 못하고
이곳에는
나를 아는 사람이 없다

그 삶의 한 자락을
잠시 스치듯 지나간다

길가의
작은 정원

축제의 흔적

누군가 벗어놓은
신발도 보였다

괜스레

짤
랑

집 열쇠에 달린 방울을 떼어
옆에 있는 나뭇가지에 걸었다

그 모습이 멀어져 더는 보이지 않아도

가방 한 켠에서 늘 들려오던 그 소리가
계속 흔들리며 맑은 소리를 낸다

다시 제자리로 돌아온
나의 삶

귀를 기울이면

멀리서 들려오는 듯한 방울 소리가
공기 사이에서 살랑인다

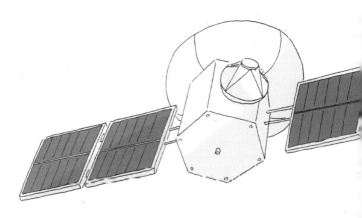

거리 · 시간 · 우주

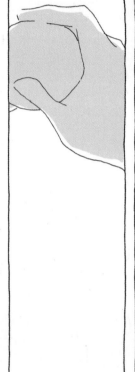

우주여행을
떠난 탐사선이
잠시 후에
태양계를 벗어날
것으로 보입니다

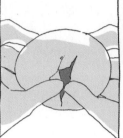

우주가 시작된
순간의 전파 잡음
별의 탄생과 죽음
머나먼 우주의 소식이
시간을 뛰어넘고,
긴 여정을 거쳐

희미한 신호가 되어
오늘도 지구에
도착하고 있습니다

탐사선이 그 신호들을
우주 공간에서
관측함으로써…

여름의
풍경은
존재감이
뚜렷해서
짙고 선명한
색을 띤다

초여름
공원의
풍경

중력

낙하한
계란

이 별에 발이
묶인 우리들을

어디선가에서
보이지 않는
무지갯빛
우주선이
보고 있다

툭

내게 굴러온 공을 건넨다
모르는 인생에 잠시 닿는 순간
다시 멀어진다

쏴아

순간 순간의 연속
지금을 인식하는 순간
지금은 이미
지금이 아니다

점과 점이 이어지고
과거는 아득히 멀어져 간다

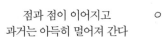

비행기

창가에 앉은 승객은
지친 여행길에
잠이 들었을지도 모른다

아직 밤의 여운이 남은 달

두터운 대기
성층권의 파랑

8분 전의 태양빛
7년 전 시리우스의 빛
70년 전
베텔게우스의 빛

깜깜한 우주, 어디쯤에
촘촘히 박혀 빛나던
과거의 별빛이
지구에 쏟아져 내린다

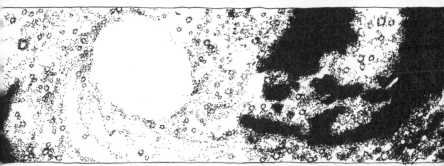

이제는
그곳에 없을지도 모르는
별빛들

먼 곳을 바라보는 건
과거를 그리워하는 것인지 모른다

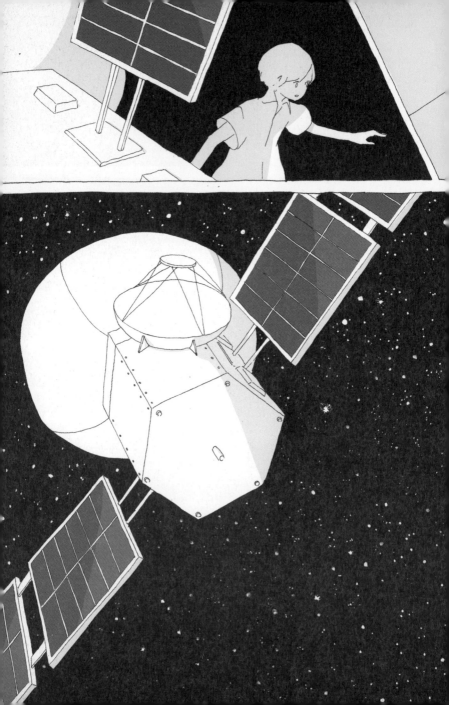

탐사선이
과거를 향해 멀어져 간다

탐사선이 관찰했던,
이미 흘러간 풍경들은
미래의 언제쯤, 어디에서
우리가 볼 수 있을까

잠이 든 두 사람

잠이 든 두 사람은
돌아가면서
눈을 뜬다

여름 편지

안녕

대화를 나눠보지는 않았지만

오늘도 어디에선가 숨을 쉬고 있을 그대에게

지난밤, 누군가 폭죽놀이를 한 흔적을 봤어요

콘크리트 바닥이 파랑, 노랑, 분홍빛으로 물들었어요

이제 여름방학도 끝나가나 봐요

매일 다니던 길에서 벗어나 처음 가본 거리에서 카페를 발견했어요

황동으로 만들어진 잎사귀 모양의 철제간판

창문 너머로 짙은 청록빛 벨벳 의자와 황갈색 테이블이 보였어요

오픈은 21시라고 되어 있네요

뒤척이는 밤에 책 한 권 들고 커피 마시러 와야겠어요

동네에서 마음에 드는 새로운 장소를 발견하면

다시 찾아올 기대감에 설레어 발걸음이 가벼워져요

과일가게에서 배 하나를 샀더니
반짝이며 터지는 폭죽 한 묶음이 따라왔어요
냉장고에 넣어두었다가 막 꺼낸 시원한 배와 함께
베란다에서 불꽃놀이를 하기로 마음먹었어요

이제 밤이 되면 맑은 가을 공기가 물씬 풍겨와요
밤바람에 불이 꺼지지 않도록 가만히 들고 있었더니
깊은 밤, 바다 한가운데서
이렇게 불을 켠 채
그저 혼자, 저 멀리를 바라보며
서 있던 기억이 떠오르는 듯했어요
그런 적이 없었을 텐데 말이에요

이제 마지막 불꽃이 꺼졌어요
그럼 잘 자요

안녕
한 번도 만난 적은 없지만 지금 이 글을 읽고 있는 그대에게

시장에서 쓱, 한 접시 잘라주는 우뭇가사리묵을 보니
어렸을 때 동네에서 두부 가게를 하시던 사장님 부부가 생각났어요

진지하고 묵묵한, 가끔 싱긋 미소 짓는 귀여운 할아버지
두부처럼 피부가 희고 고운, 느긋해도 기운 넘치는 할머니
노부부가 꾸려가는 아담한 가게는 저녁 시간이 되면 늘 붐볐어요

수조에는 물에 담긴 새하얗고 네모난 두부가 한가득이었어요
물에서 하나 척 건져 올려 그릇에 담아주셨어요
직사각형 모양의 반투명한 우뭇가사리묵을
할아버지가 나무 채반에 넣고 꾹 눌러 내리면
반들반들한 우무가 가늘게 뽑아져 나오는 게 참 신기했어요

여름 축제의 밤, 춤추는 사람들의 행렬 속에서 본 할머니가
평소와 달리 낯설었던 건 들뜬 축제 분위기 때문이 아니라
그날만큼은 립스틱을 바르셨기 때문이었어요
할머니는 그날 행복해 보였어요

어느 날 배달을 나간 할아버지가 길 한복판에서 쓰러져
끝내 돌아오지 못했다는 소식을 전해 들었어요
할머니는 가게를 정리했고
할아버지의 빈 공간을 채워 넣으려는 듯
가게 앞은 화분으로 가득 찼어요
언젠가 할머니에게 안부를 묻자 여전히 웃으며 대답하셨지만
제가 누군지조차 모르시는 것 같았어요

올여름 첫 우뭇가사리묵은 어릴 적 기억 때문에
아주 살짝 시큼했어요

낱말 상자

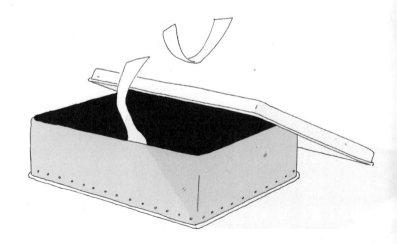

오늘도
그 아이가 왔다

늘 혼자서
책을 읽고
무언가 열심히 적는다

옆에 놓인
낡은 과자 상자

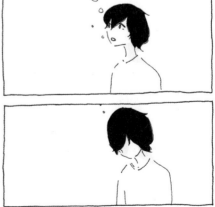

나는 그 아이가 말하는 목소리를
들어본 적이 없다

우리 도서관을 이용해주셔서…

잠시 후에 이용 시간이 종료될 예정이오니…

열린 상자에서 흩날리듯 쏟아지는

조각 조각 조각

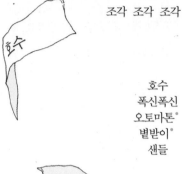

호수
폭신폭신
오토마톤[*]
볕받이[*]
샌들

• 오토마톤 자동적으로 정보를 처리하여 동작을 하는 기계
• 볕받이 햇볕이 잘 드는 일

하늘색 포장지 구슬픽기
진흙탕 교차점 가시광선

지도 축제 수프 스푼
재 튤립

무의미하고 자유로운,
무수한 낱말들

"태엽으로 움직이는
흰 비둘기의 눈물"

이것들이 네가 모은
낱말의 조각이구나

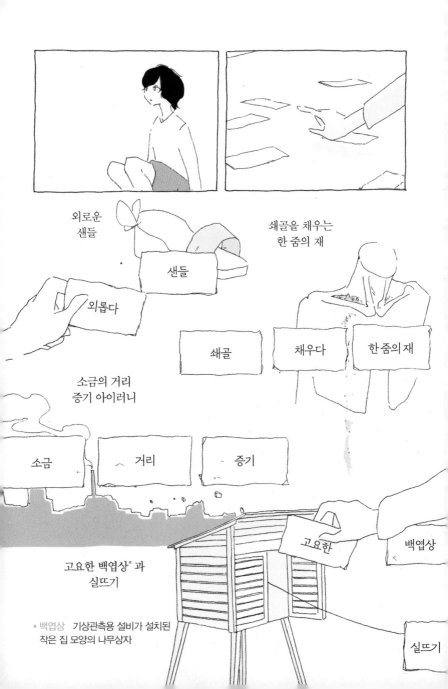

외로운
샌들

쇄골을 채우는
한 줌의 재

샌들

외롭다

쇄골

채우다

한줌의 재

소금의 거리
증기 아이러니

소금

거리

증기

고요한 백엽상°과
실뜨기

고요한

백엽상

• 백엽상 기상관측용 설비가 설치된
작은 집 모양의 나무상자

실뜨기

이정표조차 없었던 어젯밤
흰 구름을 다림질해 계속 걷다가
처음 빠진 젖니를 지붕 위로 던졌다

팔의 솜털이 빛나는 방과 후
프로펠러 비행기는 나와 함께 방을 나와
하늘을 날았다
마치 내일의 악보를 찾는 것처럼

방금 손에 닿은듯한, 매끈한 돌고래의 등
실로뜬 사다리를 빠져나간다
실폭포의 바람이 스치고
저 멀리 날아가는 책들

밀짚모자가 꿈꾸는 거울은
미지의 일기장을 읽고 나서
뿔뿔이 흩어져 있던 낱말들이
이어지다 속삭이다 노래하기
시작하다

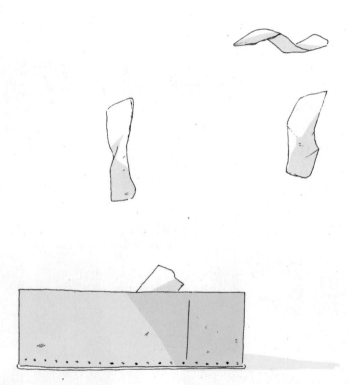

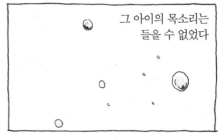

그 아이의 목소리는
들을 수 없었다

말하지 않아도
그 아이의 낱말 속 세상은
고요하고 잔잔하게
울려 퍼진다

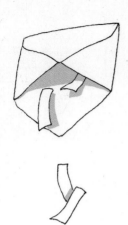

얼 번째 이야기

여름 등불

현관에서부터 코를 간지럽히는 향기

집에서 보내준
여름귤 한 박스

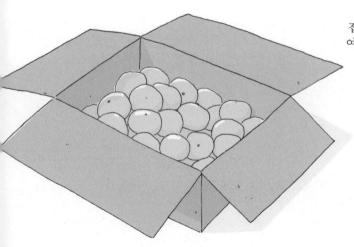

나가면서 하나
주머니에 슬쩍 숨겨둔다

어젯밤에 내린 소나기로
깨끗해진 콘크리트가
푸르게 빛난다
후덥지근할 것 같은
예감이 든다

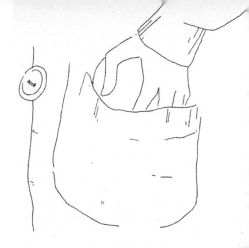

주머니에 손을 넣고
그 감촉을 손끝으로 느낀다

눈앞에 앉아 있는 사람들은
눈꺼풀을 굳게 닫은 채 잠이 든 것인지…

왠지 힘들어 보이는 모습을 보자니
모두 행복했던 어린 시절이 있었을 텐데…

하는 생각이 들자
내 어린 시절이 생각이 났다

여름방학에는
할머니 집에 놀러 가곤 했다

지붕 위에서 바라본 풍경은,
항상 저 멀리를 내다보고 있는 새의 모습
부드러운 곡선을 그리는 산맥과 기와지붕
그 사이를 이쪽저쪽 수놓는 작은 등불
아직 밤도 아닌데… 무슨 등불일까?

자세히 들여다보니 싱그럽게 익어가는 여름귤이었다
잔뜩 흩뿌려진 여름 등불,
여름귤이었다

"폭탄은 아니겠지?"
"에이, 설마"

도서관에 방문한 사람들이
카운터 책상 위에 올려둔 등불을 보고
소곤소곤 관심을 가진다
새콤달콤한 여름 공기를 듬뿍 들이마신다

하루가 시작된다

Epilogue

새벽 어스름 속에서 시간 맞춰
목청을 드높이는 새나 벌레들을 알고 있나요
시계는 없지만 그들만이 공유하는
시간의 흐름이 있나 봐요

동쪽 하늘이 환하게 밝아오네요
구름이 분홍빛으로 연보랏빛으로 황금빛으로
차례차례 색을 바꿔가요
세상이 온통 눈을 떠요

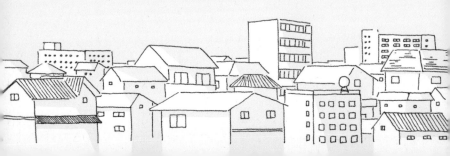

영원히 끝나지 않을 것만 같던 밤에도
기필코 아침은 찾아와요
분명히 어제와는 다른 새로운 아침이

그대의 오늘이
멋진 하루가 되기를 바랍니다
또 만나요

옮긴이 **이수은**

한국외국어대학교를 졸업했다. 대학 시절부터 다양한 통번역을 경험하며 책 번역의 꿈을 키웠다. 현재 번역 에이전시 엔터스코리아 출판기획 및 일본어 전문 번역가로 활동하고 있다.

혼자인 밤에
당신과 나누고 싶은 10가지 이야기

초판 1쇄 인쇄일   2021년 03월 26일
초판 1쇄 발행일   2021년 04월 05일

지은이   카시와이
옮긴이   이수은
발행인   이지연
주간   이미숙
책임편집   정윤정
책임디자인   이경진 권지은
책임마케팅   이운섭 신우섭
경영지원   이지연

발행처   ㈜홍익출판미디어그룹
출판등록번호   제 2020-000332 호
출판등록   2020년 12월 07일
주소   서울시 마포구 독막로18길 12, 2층(상수동)
대표전화   02-323-0421
팩스   02-337-0569
메일   editor@hongikbooks.com

제작처   갑우문화사

ISBN   979-11-9142-012-8 (03830)